CUERVO

LEOPOLDO ALAS CLARÍN

— I —

Laguna es una ciudad alegre, blanca toda y metida en un cuadro de verdura. Rodéanla anchos prados pantanosos; por Oriente le besa las antiguas murallas un río que describe delante del pueblo una ese, como quien hace una pirueta, y que después, en seguida, se para en un remanso, yo creo que para pintar en un reflejo la ciudad hermosa, de quien está enamorado. Bordan el horizonte bosques seculares de encinas y castaños por un lado, y por otro, crestas de altísimas montañas, muy lejanas y cubiertas de nieve. El paisaje que se contempla desde la torre de la colegiata no tiene más defecto que el de parecer amanerado y casi, casi, de abanico. El pueblo, por dentro, es también risueño, y como está tan blanco, parece limpio.

De las veinte mil almas que, sin distinguir de clases, atribuye la estadística oficial a Laguna, bien se puede decir que diecinueve mil son alegres, como unas sonajas. No se ha visto en España pueblo más bullanguero ni donde se muera más gente.

— II —

Durante mucho tiempo, tiempo inmemorial, los lagunenses o paludenses, como se empeña en llamarlos el médico higienista y pedante don Torcuato Resma, han venido negando, pero negando en absoluto, que su querida ciudad fuese insalubre. Según la mayoría de la población, la gente se moría porque no había más remedio que morirse, y porque no todos habían de quedar para antecristos; pero lo mismo sucedía en todas partes, sólo que «ojos que no ven, corazón que no siente»; y como allí casi todos eran parientes más o menos lejanos, y mejor o peor avenidos..., por eso, es decir, por eso se hablaba tanto de los difuntos y se sabía quiénes eran, y parecían muchos.

—¡Claro! —gritaba cualquier vecino—, aquí la entrega uno, y todos le conocemos, todos lo sentimos, y por eso se abultan tanto las cosas; en Madrid mueren cuarenta..., y al hoyo; nadie lo sabe más que La Correspondencia, que cobra el anuncio.

Después de la revolución fue cuando empezó el pueblo a preocuparse y a creer a ratos en la mortalidad desproporcionada. Según unos, bastaba para explicar el fenómeno la dichosa revolución.

—Sí, hay que reconocerlo: desde la Gloriosa se muere mucha gente; pero eso se explica por la revolución.

Según otros, había que especificar más. Cierto, era por culpa de la revolución, pero, ¿por qué? Porque con ella había venido la libertad de enseñanza, y con la libertad de enseñanza el prurito de dar carrera a todos los muchachos del pueblo y hacerlos médicos de prisa y corriendo y a granel. ¿Qué resultaba? Que en dos años volvían los chicos de la Universidad hechos unos pedantones y empeñados en buscar clientela debajo de las piedras. Y enfermo que cogían en sus manos, muerto seguro. Pero esto no era lo peor, sino la aprensión que metían a los vecinos y las voces que hacían correr y lo que decían en los periódicos de la localidad.

Sobre todo el doctor Torcuato Resma (que años después tuvo que escapar del pueblo porque se descubrió, tal se dijo, que su título de licenciado era falso); Torcuato Resma, en opinión de muchos, había traído al pueblo todas las plagas de Egipto con su dichosa higiene y sus estadísticas demográficas y observaciones en el cementerio y en el hospital, y en la malatería y en las viviendas pobres, y hasta en la ropa de los vecinos honrados. «¡Qué peste de don Torcuato! ¡Mala bomba lo parta!»

Publicaba artículos en que siempre se prometía continuar, y que nunca concluían por lo que ya explicaré, en el eco imparcial de la opinión lagunense, El Despertador Eléctrico, diario muy amigo de los intereses locales y de los adelantos modernos, y de vivir en paz con todos los humanos, en forma de suscriptores. Los artículos de don Torcuato comenzaban y no concluían: primero, porque el mismo Resma no sabía dónde quería ir a parar, y todo lo tomaba desde el principio de la creación y un poco antes; segundo, Porque el director de El Despertador Eléctrico se le echaba encima con los mejores modos del mundo, diciéndole que se le quejaban los suscriptores y hasta se le despedían.

—Bueno, comenzaré otra serie —decía Resma—, porque la ya empezada no admite tergiversaciones (así decía, tergiversaciones) ni componendas, y si sigo los caprichos de los lectores de usted, me expongo a contradecirme.

Y don Torcuato comenzaba otra serie, que tenía que suspender también porque el alcalde, o el capellán del cementerio, o el administrador del hospicio, o el arquitecto municipal, o el cabo de serenos, se daban por aludidos.

—Yo quiero salvar a Laguna de una muerte segura; se están ustedes dejando diezmar...

—Lo que usted quiere es matarme el periódico.

—Yo no aludo a nadie, yo estoy muy por encima de las personalidades...

—No, señor; usted tendrá buena intención, pero resulta que sin querer hiere muchas susceptibilidades...

—¡Pero entonces aquí no se puede hablar de nadie, no se puede defender la higiene, criticar los abusos y perseguir la ignorancia!...

—No, señor; no se puede... en perjuicio de tercero.

—Lo primero es la vida, la salud, la diosa salud.

—No, señor; lo primero es el alcalde, y lo segundo el primer teniente de alcalde. Usted sabrá higiene pública, pero yo sé higiene privada.

—Pero su periódico de usted es de intereses materiales...

—Sí, señor, y morales. Y mi único interés moral es que viva el periódico, porque si usted me lo mata, ya no puedo defender nada, incluso el estómago.

El último artículo que publicó Resma en El Despertador Eléctrico comenzaba diciendo:

«Esperemos que esta vez nadie se dé por aludido. Vamos a hablar de la terrible enfermedad que azota en toda la comarca al nunca bastante alabado y bien mantenido ganado de cerda...»

Pues por este artículo, que no iba más que con los cerdos, fue precisamente por el que tuvo que abandonar Resma la colaboración de El Despertador Eléctrico. No fueron los cerdos los que se quejaron, sino el encargado de demostrar que ya no había cerdos enfermos en la comarca. Este mismo personaje, que se tenía por gran estadista, excelente zoólogo y agrónomo eminente, fue el que años atrás había sido comisionado para estudiar en una provincia vecina el boliche. Parece ser que el boliche es un hierbato, importado de América, que se propaga con una rapidez asoladora y que deja la tierra en que arraiga estéril por completo. Pues nuestro hombre, el de los cerdos, fue a la provincia limítrofe con unas dietas que no se merecía; gastó allí alegremente su dinero, llamémosle así, y no vio el boliche ni se acordó de él siquiera hasta que, poco antes de dar la vuelta para Laguna, un amigo suyo, a quien había encargado que estudiara «aquello del boliche, o San Boliche», se le presentó con una Memoria acerca de la planta y una caja bien cerrada, donde había ejemplares de ella.

El hombre de los cerdos guardó la caja en un bolsillo de su cazadora, metió en la maleta la Memoria, y se volvió a Laguna. Y allí se estuvo meses y meses sin acordarse del boliche para nada y sin que nadie le preguntase por él, porque entonces todavía no estaba Resma en el pueblo, sino en Madrid, estudiando o falsificando su título. Al fin, en un periódico de oposición al Ayuntamiento se publicó una terrible gacetilla, que se titulaba: «¿Y el boliche?» El de los cerdos se dio una palmada en la frente y buscó la Memoria del amigo, que no pareció. No estaba en la maleta ni en parte alguna, a no ser los dos primeros folios, que se encontraron envolviendo los restos grasientos de una empanada fría. ¡El boliche! ¿El boliche de la caja? Ese pareció también... en la huerta de la casa. La caja se había perdido, pero el boliche, no se sabe cómo, había ido a dar a la huerta, y allí hacía de las suyas; pasó pronto a la heredad del vecino, y de una en otra saltó a las afueras, se extendió por los campos, y toda la comarca supo a los pocos meses lo que era el boliche y en qué consistían sus estragos. Este hombre de los cerdos sanos y del boliche fue el que hizo a don Torcuato dejar El Despertador Eléctrico, porque amenazó con incendiar la imprenta y la redacción y matar al director y a cuantos se le pusieran por delante.

Afortunadamente, por aquellos días apareció Juan Claridades, periódico jocoserio que venía al estadio de la Prensa a desenmascarar a Lucrecia Borgia, o sea a la descarada inmoralidad, que lo invade todo, etc., etc. ¿Qué más quería don Torcuato? Allí continuó su campaña higiénica... en letras de molde. Pero tenía un formidable enemigo. ¿Quién? Don Ángel Cuervo; es decir, nuestro héroe.

Don Ángel Cuervo no tenía familia, ni le hacía falta, como decía él, porque en todas las casas de Laguna veía la propia; entraba y salía con la mayor confianza, así en el palacio del magnate como en la cabaña más humilde.

—Yo soy —decía— el paño de lágrimas de toda la población (y solía limpiarse las narices, al hablar así, con un inmenso pañuelo de hierbas; tal vez hubiera en esto una asociación de ideas o, por lo menos, de pañuelos).

Era alto y fornido, no se sabe de qué edad, probablemente de cincuenta años, aunque no se puede jurar que pasaran de cuarenta o que no fuesen cincuenta y cinco. Era su rostro grande, largo, pero no desproporcionadamente, porque también de pómulo a pómulo había su distancia. En toda aquella extensión de carne, pálida a trechos y a trechos tirando a cárdena, no había más vegetación de monte bajo; es decir, barbas que todo lo invadían, pero afeitadas siempre, y siempre tarde y mal afeitadas. Parecía aquello un milagro: o las barbas le crecían a razón de milímetro por hora, o no se podía explicar cómo don Ángel, jamás barbudo, jamás tenía la cara limpia. ¿Se afeitaba... con tijeras? No se sabe. En fin, no importa; basta figurársele siempre con una barba de tres o cuatro días.

Tenía cuello de toro, y alrededor del cuello un corbatín negro con broches por detrás, que le tapaba la tirilla de la camisa, no muy limpia tampoco ordinariamente. Con esto y vestir siempre de negro y usar sombrero de copa de forma anticuada y algo grasiento, largo levitón, cuyos faldones, muy sueltos y movedizos, tenían aires de manteo, parecía un cura de la montaña, sano, pobre, fuerte y contento. Disfrutaba un destino muy humilde en el palacio episcopal; pero lo despreciaba, y pocos días asistía a la hora debida, porque su vocación le llamaba a otra parte: a los entierros.

Aludiendo a Cuervo en un artículo, le había llamado Resma «el parásito de la muerte, el bufón de la funeraria».

Aparte del mal gusto de estas frases rebuscadas, semejantes epítetos tenían cierta aplicación exacta a nuestro Cuervo, si se distinguía de tiempos. Era verdad que Cuervo había comenzado por ser un cortesano de la desgracia, es decir, por vivir como podía de la muerte. Era pobre, muy pobre; no tenía hambre, y tuvo que ingeniarse para encontrar su cubierto alguna vez en el llamado banquete de la vida. Y para esto acudía al banquete de la muerte; acudía a las casas donde se moría alguien, y comía allí con motivo de «no tener ánimo para otra cosa». Después, las relaciones de amistad, que se estrechaban más y más en tan solemnes momentos, le sirvieron para ganar aquel pedazo de pan que le daban en el palacio, y también para tener alguna influencia en todas las clases sociales, y explotarla modestamente. Pero esto no le hizo rico, ni poderoso, ni lo que empezó siendo en parte necesidad e industria lícita, y en parte afición ingénita, dejó de convertirse muy pronto en pasión viva, en vocación irresistible. Así es que cuando don Torcuato Resma se atrevió a llamarle en Juan Claridades«parásito de la muerte, bufón de la funeraria», ya era nuestro hombre muy otra cosa. «Esta afición mía a los difuntos, a los duelos y a las misas deRequiem no la puede comprender el espíritu mezquino de ese bachiller pedantón, que pretende sanar a los cristianos con artículos de fondo, siendo él digno de que le asista un veterinario.» Esto decía Cuervo a los numerosos amigos que le venían con cuentos y con artículos del otro.

En Laguna se formaron dos partidos: el de Cuervo y el de don Torcuato. El del doctor tenía su órgano en la Prensa, Juan Claridades; el de Cuervo, no; ni lo quería, ni lo necesitaba. «¡Puf! ¡Papeluchos!», decía don Ángel, que despreciaba la Prensa local con todo su corazón. Cuervo no escribía, hablaba; pero como él era bienquisto (frase favorita suya) de toda la población, y estaba en todas partes, sus palabras tenían mucha mayor publicidad que los artículos del otro. Hablaba y recitaba letrillas, único género literario que él creía digno de ocupar su ingenio. De noche, en la cama, o tal vez mientras velaba a un moribundo, o cuando después seguía su cadáver camino del cementerio, se entretenía en componer aquellas «cuchufletas», según las llamaba siempre; las aprendía de memoria, daba en seguida la noticia del hallazgo a un amigo íntimo, diciéndole al oído: «Cayó una», y el amigo, delante de otros pocos íntimos, le decía: «Vamos, don Ángel, venga eso...: ya sabemos que cayó otra»; y después de hacerse rogar, sonriendo y rascándose la cabeza someramente, comenzaba con voz muy baja y, mirando a las puertas y ventanas, como si temiese que por allí pudiese entrar el otro:

«¿Quién...?», etc., etc.

Casi todas las letrillas de Cuervo comenzaban así: preguntando quién era esto o lo otro, o quien hacía tal o cual cosa; y resultaba, allá en el estribillo, que eran don Torcuato. Podía Cuervo prescindir delquién; pero de los interrogantes, difícilmente; y de los estribillos de pie quebrado, de ninguna manera. Tenía el ingenio satírico muy en su punto, y la conciencia de él; pero no creía posible que la sátira pudiese tener otra forma que la letrilla; ni la letrilla podía en rigor prescindir del pie quebrado. En cuanto a los ripios, no le arredraban, y con un candor que los legitimaba hasta cierto punto, empleábalos sin miedo, y aun en dar con los más rebuscados fundaba el quid del arte, por lo que toca a la expresión. Así, por ejemplo, si para insultar al otro le llamaba por el apellido, ya se sabía que había de decir:¿Quién con cara de Cuaresma...?, etc. Y después venía infaliblemente en un verso de dos sílabas, con punto y aparte, como decía don Ángel; venía, digo, Resma. Y si le preguntaban: «Pero, don Ángel, ¿qué pito toca ahí la Cuaresma?», se encogía de hombros y solía decir: «Sic vos nin vobis.» Latín que, según él, no pasaba de ahí, y significaba:Esto no es para vosotros. Porque es de notar, siquiera sea de paso, que aunque Cuervo había estudiado en el Seminario hasta el segundo año de Filosofía, y no había sido mal estudiante, desde el punto y hora en que se decidió a ahorcar los hábitos, se propuso olvidar la traducción y el orden (frase suya), y lo consiguió a poco tiempo. A pesar de esto, su excelente memoria conservaba casi todo el Nebrija sin entender palabra, muchos versos y cerca de medio misal romano. La misa de difuntos y casi todos los cantos relativos al entierro y demás ceremonias fúnebres, es claro que los sabía con las notas correspondientes del sonsonete religioso, y tampoco paraba mientes en la traducción que pudieran tener.

— V —

Antes que Resma anduviese por el mundo, o por lo menos antes que fuese médico, «si lo era, que eso ya se averiguaría», estaba cansado Cuervo de saber que en Laguna se moría mucha gente.

¿Y qué? ¡Vaya una novedad! Él, que iba de aldea en aldea por todas las de la comarca, y comía en casa de todos los curas del contorno, estaba cansado de oír que no había en toda la diócesis parroquias como aquellas parroquias del Ayuntamiento de Laguna, así las del casco de la ciudad como las de fuera, en materia de pitanzas. ¿Por qué? Pues, claro, por eso; porque había muchos entierros y muchas misas de funeral. ¿Qué clérigo de cuantos concursaban no envidiaba a los acólitos, sacristanes, coadjutores, ecónomos y párrocos de Laguna? Pero esto era bueno para sabido por los de la clase, y para callado. La alegría de los lagunenses era proverbial en toda la provincia, ¿por qué turbarles el ánimo con tristes enseñanzas? Ni ellos querían ver el mal, ni mostrárselo era más que una crueldad inútil, porque no tenía remedio. No; no lo tenía, en opinión de Cuervo y los suyos. «La higiene..., la estadística, las tablas de la mortalidad..., Quetelet..., el término medio..., conversación. Los antiguos no sabían de términos medios, ni de Quetelet, ni de estadísticas, ni de higiene, y vivían más que los modernos.»

A don Ángel le ponía furioso la cuenta que Resma echaba para demostrar que «hoy vivimos más que nuestros antepasados».

—¡Es un majadero! —gritaba Cuervo—. Figúrense ustedes que dice que vivimos hoy más..., por término medio. ¿Qué es eso de vivir por término medio? Yo, sí, pienso vivir mucho, tanto como el más pintado de nuestros ilustres ascendientes; pero no pienso vivir por término medio, sino todo entero, como salí del vientre de mi madre. Mediante una cuenta de dividir, o de quebrados, o no sé qué engañifa, ese señor Resma saca la cuenta de lo que nos toca a cada quisque estar en este mundo; y, según esa cuenta, resulta que yo estoy de sobra hace muchos años. Y a eso llaman higiene, o geografía, o democracia, y dicen que lo dijo San Quetelé o San Tararira. ¿Y lo del agua? De todo le echa la culpa al río, y dice que por el río puede venir la peste, y que se filtran por las capas de la tierra no sé qué diablos de animalejos que nos envenenan; y cita ejemplos de cosas que pasaron allá en tierras de franchutes; tal como el haber echado entre el estiércol de un corral no sé qué sustancias que solitas, pian, pianito, vinieron por debajo de tierra para envenenar el río y después hacer que reventaran los vecinos de no sé qué ciudad ribereña... ¿Habrá embustero? —y, entusiasmándose, añadía Cuervo—: Por algo se dijo aquello de: Quién con cara de Cuaresma, renegando del bautismo, puso el agua en ostracismo. Resma. ¿Quién hace pagar el pato a Perico el fontanero, diciendo que hay un regalo que envenena al pueblo entero? Don Torcuato, ¡Don Torcuato el embustero!

Don Ángel no perdonaba medio de desacreditar al otro. Para ello mentía si era preciso. De él salió la sospecha de que el título de Resma pudiera ser falso. Aquel rumor, que él fue alimentando, se convirtió en una intriga de partido más adelante; y combinadas las fuerzas de los cuervistas o antihigienistas con las del bando político contrario al en que militaba don Torcuato, se fue condensando la nube que, al fin, estalló sobre la cabeza del pobre médico, que tuvo que escapar del pueblo, acusado, no se sabe si con razón, de falsario.

Respiró todo Laguna, respiró el alcalde, respiró el director del hospital, respiró Perico el fontanero, respiraron también el capellán del cementerio, los matarifes, las pescaderas, el señor del boliche, y respiró Cuervo, que si era cruel con su enemigo, tenía la disculpa de que él también defendía su reino.

Sí, su reino, que no era de este mundo ni del otro, sino un término medio (dicho sea con su permiso). Su reino estaba con un pie en la sepultura.

Y, sin embargo, nada menos fúnebre y ajeno al imperio pavoroso de las larvas que la vida y obras, ingenio y ánimo, gustos y tendencias de don Ángel.

Así como pudo decirse, con razón de Leopardi que en su poesía desesperada, a pesar de que la inspira la musa de la muerte, no hay nada que repugne a los sentidos, porque allí no se ve el aparato tétrico y repulsivo del osario, ni se huele la podredumbre, ni se ve la tarea asquerosa de los gusanos, ni se oyen los chasquidos de los esqueletos, del propio modo en la persona de Cuervo y en su ambiente se notaba una especie de pulcritud moral, en que la limpieza consistía en la ausencia de todo signo de muerte, de toda idea o sensación de descomposición, podredumbre o aniquilamiento.

Justamente las grandes y arraigadas simpatías que don Ángel se había ganado en todo Laguna y sus parroquias rurales nacían de esta atmósfera de vida, robustez, apetito y sosiego que rodeaba a nuestro hombre. Había quien aseguraba que con verle se les abrían las ganas de comer a las personas afligidas por un duelo. Si algún lector supone que esto es inverosímil, recordando que don Ángel vestía de negro y enseñaba apenas un centímetro de cuello de camisa, y esto poco no muy blanco, a ese lector le diré con buenos modos que, por culpa de su indiscreta advertencia, tengo que declarar lo siguiente: que la limpieza material no había sido una de las virtudes cívicas por las cuales había ganado la ciudad años atrás el título de heroica y muy leal: los lagunenses, que cuando eran alcaldes o barrenderos no barrían bien las calles, y que fuesen lo que fuesen las ensuciaban sin escrúpulo, no tenían clara conciencia de que Mahoma había obrado como un sabio, imponiendo a sus creyentes el deber de lavarse tantas veces. Ciudadano había que se estimaba limpio de una vez para siempre, después de recibir el agua bautismal. Pero dejo este incidente enojoso e importuno.

Sí, lo repito; Cuervo, sea lo que quiera de su limpieza material, era la alegría de los duelos. Me explicaré. Pero antes, y por no faltar al orden, considerémosle en sus relaciones con los moribundos y su familia.

No visitaba a los enfermos mientras ofrecían esperanzas de vida. No era su vocación. Él entraba en la casa cuando el portal olía a cera y en las escaleras había dos filas de gotas amarillentas, lágrimas de los cirios. Entraba cuando salía el Señor. Llegaba siempre como sofocado.

«¡No sabía nada, no sabía que la cosa apuraba tanto!...» Hablaba más alto que los demás; pisaba con menos precaución y respeto; no temía hacer ruido; traía de la calle un aire de frescura y de esperanza. Ante los extraños, merced a signos discretísimos, casi imperceptibles, pero muy significativos, daba a entender que se hacía el tonto para animar a la familia.

A ésta le hablaba de la vida, de la salud del moribundo, como cosa que volvería probablemente. «Los médicos se equivocan muy a menudo.»

Y en tanto, iba y venía y tomaba sus determinaciones, preparándolo todo, metiéndose en todo, con la maestría de la experiencia y de la vocación del arte. Entraba en la alcoba del moribundo sin miedo, ni aspavientos, ni escrúpulos de monja, como él decía. Si el paciente no daba pie ni mano, mejor; pero si no había perdido el conocimiento, había que atenderle y mimarle. Las manos de Cuervo, blandas y grandes, movían el cuerpo de plomo con habilidad de enfermera, sin lastimarle y con la eficacia precisa. Nadie como él para engañar al moribundo con las esperanzas de la vida, si eran oportunas, dado el carácter del enfermo. Era también muy discreto cortesano del delirio, como hubiera dicho Resma; los disparates de la imaginación que se despedía de la vida como una orgía de ensueños, los comprendía Cuervo a medias palabras; por una seña, por un gesto; casi los adivinaba; y con la misma serenidad con que daba vueltas al pesado tronco, se atemperaba al absurdo y veía las visiones de que el enfermo hablaba, siguiéndole el humor a la fiebre con santa cachaza, con una fiabilidad caritativa que las Hermanitas de los Pobres admiraban, como obra maestra del arte delicado que cultivaban ellas también.

Ni el ojo avizor de la más refinada malicia podría notar en aquel trato de don Ángel con los moribundos un asomo de impaciencia contenida. Había, sin embargo, esa impaciencia; pero, ¡qué recóndita, o mejor, que bien disimulada!

Sí, don Ángel teníaprisa; no era aquélla su verdadera especialidad; sabía tratar bien a los desahuciados, porque este trato era como una ciencia auxiliar que servía de introducción a las artes de su vocación verdadera.

«Si yo manejo tan bien a los moribundos, decía él en el seno de la confianza, es por la gran experiencia que he adquirido zarandeando cadáveres al ponerles la mortaja y demás. El secreto está en moverlos como si fueran cuerpo muerto, en cuanto a lo de no contar con su ayuda, y en cuanto a lo de moverlos con cierto respetillo que inspira la muerte.»

Por fortuna, si así puede decirse, los que estaban muriendo no podían adivinar en el contacto de don Ángel lo que él pensaba al tocarlos.

Era muy partidario de darle al enfermo lo que pidiera, sobre todo comida fuerte, si lo pedía el cuerpo. Parecía querer alimentar al que agonizaba para un largo viaje. Había en este afán suyo tal vez reminiscencias de las religiones antiquísimas que rodeaban los cadáveres de provisiones, allá para la vida subterránea. Pero lo que había de seguro en esto, como en todo lo que se refería a don Ángel, era la ausencia completa de toda idea fúnebre de todo sentimiento tétrico enfrente de la muerte del prójimo.